AF599981

El último vuelo

De todo y nada y otros cuentos eclécticos

D. J. GONZÁLEZ

Aliarediciones

Corrección: Inés González Calo
Diseño de cubierta: Jaime Galisteo
Maquetación: Aliar Ediciones

Depósito Legal: GR 188-2024
ISBN: 978-84-10155-48-0

Impreso en España

Edita
ALIAR Ediciones
www.aliarediciones.es
info@aliarediciones.es

El último vuelo

De todo y nada y otros cuentos eclécticos

D. J. GONZÁLEZ

El último vuelo

Él veía sin sobresalto aquel entorno geográfico sobre el que descendía. Era un amasijo de hierro que emitía un brillo cegador producto del reflejo del sol sobre el latón desnudo de color plata, convertido en revestimiento de un asentamiento de casitas en los suburbios de aquella indescriptible ciudad, característica de tantos pueblos del Caribe sobre los cuales volaba en ese momento. Su mirada era de admiración y horror al mismo tiempo. Lo primero, por lo surrealista de aquello que veían sus ojos: la pobreza como la condena más abyecta a las aspiraciones de la gente de pueblo, y lo segundo, por la cercanía del desastre inexorable de aquel capítulo al cual asistía.

Tales construcciones casi eran asibles por él, y es que las apreciaba desde un lugar tan peculiar como único: el ala de un vetusto avión devenido a la vida que volaba a unos mil pies de altura —aproximadamente 304.8 metros—, el cual venía de caída. Erecto sobre sus extremidades inferiores en la punta del ala del aparato justo en el momento en que este se dirigía de barriga sobre aquella barriada, sin que pudiera hacer nada para evitarlo, pues, ya lo había intentado todo. Y la muerte, la más segura condición de todo ser vivo, que llega tarde o temprano, la sentía por todo su cuerpo en forma de miedo. No un miedo paralizante, pues a ello estaba acostumbrado. Miraba y, más que eso, calculaba el instante preciso en que debía saltar. «De la precisión de este depende mi vida», se decía a sí mismo mientras oteaba la hilera de ranchos desde aquel lugar sui géneris donde se hallaba, y sentía la intensidad de la fuerza de la velocidad del aire sobre su rostro.

Él era un avezado aviador de la segunda guerra mundial. A finales de esta se dedicó a realizar vuelos experimentales de viejos aviones repotenciados alrededor del mundo. Había realizado cientos de pruebas. Algunas comportaron tal nivel de peligrosidad que pensó que nunca más las realizaría. Pero más tardaba en plantearse tal disyuntiva que en volverse a embarcar en otra aeronave en su vuelo reinaugural. Aquel era el primer vuelo de prueba de un avión estadounidense que había servido como aeronave de transporte durante la segunda guerra mundial: un 108 Flying Fortressd. Contaba con licencia para surcar los cielos de casi todo el mundo dada la escasez de pilotos con sus características. La misma había sido sometida a un riguroso proceso de sustitución de componentes cuyas vidas útiles habían expirado. No tuvo mayores contratiempos. Era parte de las pruebas de rutina a las que tenían que someterla como condición imprescindible para ser incorporada al servicio comercial de una afamada línea aérea norteamericana. En eso andaba cuando vino a parar a estos lejanos confines caribeños como protagonista de esta trágica historia.

Desde allí podía ver con una claridad fulgurante el mar de ranchos que conformaban aquel caserío hacia donde se dirigía de manera indefectible el avión en su descenso inevitable. Tenía la certeza del enorme daño que este causaría. Pero no podía evitarlo. Consciente de que el capitán era el último en abandonar el barco, aquí se le planteaba la histórica y antagónica dicotomía de la confluencia de capitán y pasajero en una misma persona: era el único pasajero. Ante ello, no esperaba más que el instante preciso, y feliz, de abandonarlo. Calculaba ese instante al ojo por ciento.

Llegado el momento realizó un salto bastante controlado con la intención de caer en algún techo de aquellas pobres viviendas con la esperanza de sobrevivir. Tenía plena confianza de que ello dependía de lo oportuno del salto, de la elección de la infraestructura a donde iría a parar y, sobre todo, de la altitud: a menor altitud, menor impacto, y viceversa. Aquí yacía la delgada línea fronteriza e indivisible que separa la vida de la muerte.

Durante la caída pudo sentir con asombro que esta se hacía a una velocidad tan lenta que le era casi imperceptible. El tiempo parecía tan cansado, pesado e inmóvil, que le daba la sensación de caer con la ligereza de una pluma. Ni su pelo se alborotaba como en otrora antes del salto. Aterrorizado, y maravillado a la vez, sentía que el tiempo transcurría a intervalos de segundos que se hacían eternos. Flotaba sobre una nube etérea que lo privilegiaba como observador, sin dejar de jugar su papel de víctima y victimario al mismo tiempo. «Mi suerte está echada», pensaba mientras caía. En tanto, el viejo avión con apariencia de nuevo se precipitaba a tierra a la velocidad de un rayo. Tuvo la extraña impresión de que el tiempo de caída se había partido en dos: el de él, el cual se enlentecía, mientras el del aparato ganaba cada vez más aceleración y consecuente velocidad hacia abajo. Ambos descendían hacia lo incierto y desconocido, en una eternizada temporalidad.

En el ínterin de bajada hacia lo inexorable tenía una experiencia discursiva silente con aquellos objetos contra los que el bólido aéreo se apresuraba a impactar como proyectil de forma violenta. Todo cuanto veía en ese increíble viaje de bajada lo llevaba a entablar una conversación dialógica sujeto-objeto. Estos últimos le gritaban su culpabilidad en aquel acontecimiento trágico, y los efectos derivados, los observaría como un agente extraño a aquel evento. No podría, aunque quisiera, contaminar la escena dado su carácter de actor pasivo en aquellos instantes del suceso, y la ralentización con que ocurría esta le daba la oportunidad de ser solo eso: un observador. Además, ¿qué podía hacer?, se preguntaba. Él era parte de aquello. Su descenso se tornaba cada vez más lento. Era tal la pausa de la caída que pudo apreciar todo con una diafanidad meridiana desde la retaguardia, pues el bólido aéreo lo había dejado atrás mientras seguía cayendo a una velocidad inverosímil.

No solo vio sino también sintió en carne viva el impacto inicial del avión al precipitarse a tierra. Este, convertido en bala, dio contra la primera vivienda que a duras penas se mantenía en pie. Literalmente la enorme y cansada aeronave se le vino encima de panza, aplastando y destruyendo todo lo que dentro de ella había. No vio salir a ningún ser vivo de ella. A ello le siguió una fuerte explosión de la que devino de manera inmediata una inmensa bola de fuego que calcinó todo a su paso. Lo que se originó por las innumerables hogueras que la profusa estela de combustible del avión, altamente inflamable, iba dejando por doquier a lo largo de su deslizamiento inercial. A esto le siguió otro rancho, luego otro, y así sucesivamente, generando un efecto dominó casi infinito de destrucción y desgracia, quien impulsado por una fuerza involuntaria se movía reptando como serpiente sobre aquel caserío, causando en cada uno de ellos tal nivel de deterioro que no podía distinguir desde su óptica de privilegiado espectador, cuál de ellos había recibido el mayor daño. Era un dantesco espectáculo al cual asistía por magia natural, él no daba crédito a lo que experimentaba.

Por momentos la levedad de su cuerpo le ofrecía la oportunidad de voltear y recapitular lo acontecido hasta entonces. Como si de un aparato de video se tratara y él accionaba el botón de reverse. «Será que el creador quiere que vea el daño que causé por mi obstinación de querer traer a la vida a aquellas naves insepultas que ya arrastran la muerte a cuestas y que bien pudieran adornar los museos de transporte del orbe», profirió en un murmullo ininteligible calado por la tristeza justo en el instante en que sus ojos se anegaban por el profundo sentimiento de culpa que sentía. Ante él se abría un telón con una gran obra trágica a la cual asistía, pero no podía hacer nada, pues había agotado todos los recursos a su alcance.

Entre tanto el tiempo seguía paralizado, mientras él caía en cámara lenta: era una caída sin prisa, pero sin pausa. Ya bastante lejos del lugar a donde la inercia lanzó a la cansada nave con todo aquel escenario de guerra que dejó a su paso, y habiendo cuantificado la magnitud del daño desde su óptica, lo que exacerbó su sentimiento de culpa, sintió que un enorme peso se posaba sobre su espalda. Como si un pesado fardo de rocas cayera sobre su espalda y su descenso, cuya fase inicial se caracterizó por su lentitud, de pronto, se tornó raudo y veloz hacia el suelo. Parecía que una fuerza magnética descomunal lo atrajera hacia abajo, acelerando su impacto contra la pobre estructura metálica escogida por él en su salto y que hacía las veces de techo de la, tal vez, única casucha que había quedado en pie.

Al caer sobre esta pudo escuchar, primero, un enorme y ensordecedor sonido. Sus tímpanos le explotaron en el acto dando paso a la aparición de un repentino acúfeno, tan fuerte, que anuló por completo su sentido del oído, para luego experimentar un insoportable dolor que solo daba cuenta del enorme daño recibido en su humanidad. Sentía que se había partido en dos y, a pesar de ello, el dolor de la culpa era mayor que el dolor experimentado en su carne.

Ya sumergido en la humareda, agonizante, escuchaba a la lejanía los gritos quejumbrosos de auxilio de los pocos sobrevivientes que despavoridos salían a tientas de sus pobres albergues buscando auxilio, pues la humareda transformó, de pronto, el día en noche. En eso sintió que aquello que lo sostenía se desplomaba como las ruinas de un castillo, cayendo lo que creía era el último bastión de aquella pobre barriada tristemente escogida por la fatalidad. El destrozo era total. Mientras agonizaba, su mente no dejaba de cavilar. «Fui manipulado por el destino que, aliado con la muerte, con quien jugué tantas veces, puso fin a mi obstinada obsesión», asimismo se decía; y la muerte le sobrevino, con la enorme y pesada cruz de la culpa a cuesta. Siendo este su último vuelo.

Los ininteligibles designios de Dios

Él caminaba como de costumbre por aquella ciudad. Una ciudad que conocía como a la palma de su mano: lugares, paisajes, parques, plazas, fuentes, monumentos, comercios, esculturas, entre tantos y múltiples ornamentos que exhibía esta a propios y a extraños. Nunca advertía la presencia de los otros transeúntes, pues siempre andaba absorto en sus pensamientos, si es que alguna vez los tuvo. Desde siempre se recuerda viviendo en sus calles. Una ciudad de la cual no pudiera despegarse, aunque quisiera. Deambulando de un lugar a otro, durmiendo en sus aceras y comiendo de la basura. Atormentado por las voces silentes de los insoportables gritos que sus vísceras generaban como consecuencia de la falta de combustible digestivo. Las calles eran testigos de su duro trajinar por la vida. Sus huesos emitían un ruido sordo por el interminable tiritar ante la arremetida nocturna del frío, cuyo origen se hallaba en las montañas altas del Ávila: la Sultana de Caracas, cerro protector que bordea y protege a la ciudad, inicialmente llamada Santiago de León de Caracas; y que, en fechas cercanas a las fiestas decembrinas, daba nacimiento a la popular leyenda de Pacheco.

—¡Llegó Pacheco! —decían sus pobladores ante la llegada del frío con la asiduidad de una variación estacional.

Todos lo veían como un loco: tranquilo, bohemio en ocasiones, y soñador en otras. A los ojos de los habitantes de aquella extraordinaria ciudad, él tenía el don de la ubicuidad, se le encontraba a cualquier hora y en cualquier lugar, con una felicidad difícil de reconocer en ser humano alguno, sobre todo en aquellos que dicen estar cuerdos, los que, tal vez, nunca lleguen a conocerla. No porque no exista la misma y no esté disponible en cantidades ilimitadas. «Los actos más sencillos y simples del mundo no son visibles a los ojos sino al corazón», siempre decía parafraseando a El Principito. Esta era su filosofía.

Luis, como se llamaba, era propietario de un bienestar altamente contagioso, caracterizado por una enorme y perenne sonrisa que difícilmente el dinero pudiera comprar. Cada carcajada dejaba ver una encía despoblada por lo desdentada de su boca. Solo le quedaban dos colmillos: el derecho superior y el izquierdo inferior. Sin embargo, ello no era óbice para andar riendo a carcajadas y a cada momento. Era un ser que, a pesar de su divorcio aparente con el mundo real donde residía, irradiaba felicidad por doquier. Estaba cargado de presente, sin recuerdos ni sueños.

Una noche mientras andaba de paseo por una de las tantas plazas de la ciudad fue sorprendido por una fuerte presencia: etérea pero pétrea. Quizás de un ser sacado a golpe de un material de naturaleza rocosa. De inmediato su cuerpo se estremeció al ser objeto de una mirada intensa, aunque disimulada y pícara, pero confiada a la vez. Su piel se erizó toda en un circuito interminable. Sabía que aquello no era normal, tampoco casualidad. No obstante, pensaba que era el principio de algo profundo y hermoso, y desconocido al mismo tiempo para él, lo que le provocó hondo miedo. No sabía de dónde provenía tal fuerza. Oteó con sigilo a su alrededor y no pudo capturar con su mirada a ningún ser vivo capaz de generar aquella sensación descarnada de ser víctima ocular de otro ser. Asustado y despavorido escapó de aquella emboscada visual de la que fue víctima.

Al día siguiente, todavía contrariado, pero sobre todo atormentado por aquel extraño e insólito episodio, evitaba las rutas habituales de siempre. No quería ser sorprendido de nuevo evidenciando su vulnerabilidad sentimental. «A ningún hombre le gustan esas exposiciones», se decía con un dejo de vergüenza. En una de esas caminatas rutinarias, sin tener conciencia de ello, fue a parar de nuevo a la misma plaza donde había sido atacado por aquel rayo óptico que le puso la piel de gallina. Precavido se dirigió con mucho miedo al mismo lugar, no pudiendo evitar ser víctima de aquella sensación de la que fue presa el día anterior. Esta vez fue diferente, pudo identificar el origen del influjo de aquella corriente magnética que le heló la sangre. Era de una estatua hecha de piedra. Sacada a golpes por un escultor de un peñasco de mármol, como lo había supuesto desde un primer momento o, tal vez, hecha por las mismas manos de Dios, dada su belleza y perfección: era realmente hermosa. Tan hermosa que dificultaba la existencia de otra igual. Mira que poseía un conocimiento exacto de la estatutaria femenina de su Caracas natal, aunque no sabía el número exacto de ellas. Pero algo sí era seguro, las conocía a todas como si él mismo las hubiera creado. A pesar de ello, aquella le era perfectamente desconocida. Como si la viera por primera vez. Se rindió ante ella.

Se sintió oteado, avistado en carne viva. De pronto el mismo miedo se apoderó de su esquelética humanidad. Se sentía como un polluelo en manos humanas: todo su cuerpo temblaba y su corazón latía con una intermitencia enfermiza. Observaba que aquella misteriosa dama endurecida le dispensaba una mirada muy sensual desde todos los ángulos visuales. Era una mirada multifocal que capturaba la suya desde todas las perspectivas. Eso le intimidaba aún más por lo imposible de esquivarla. Se sentía vulnerado, al punto de hacerle experimentar sensaciones paroxísticas espontáneas nunca experimentadas. Esto le facilitó la interpretación de la situación en forma diversa más allá de las distinciones lingüísticas: era una cuestión de piel. Se volvió a alejar de allí con profundo pesar y fuerte resistencia que apenas pudo contener. Siguió en un paseo concéntrico infinito en torno a la plaza donde su dama de piedra acampaba. Se sentía preso. Sus impulsos se supeditaban a volver una y otra vez al mismo lugar donde se encontraba la mujer de piedra más linda que habría de ver. «La ciudad no exhibía escultura más elegante ni imagen más hermosa que la de ella», pensaba enternecido hasta las entrañas. Allí fue presa del sentimiento más sublime que ser humano alguno pudiera experimentar. Fue amor a primera vista: tempranos fragmentos de un profundo sentimiento se apoderaron de él. Mi dama, como la bautizó, era una hermosa e inerte mujer en la quietud de su piedra. Aquello no podía ser otra cosa que el triunfo del amor sin reserva.

En un intento tímido pero intencionado pudo capturar aquella multiforme visión que tanto le intimidaba. Sus miradas quedaron alineadas de manera perfectas. Frente a frente, mediante un juego dialógico, mutuamente pudieron leer sus mentes: la carga de vivencias, sentimientos y necesidades. Le asombró descubrir que tenían tantas cosas en común. Sobre todo, la soledad. Él en su mundo real, socialmente segregado, lo que explicaba su carácter antisocial. Ella en la quietud de su piedra donde su creador la esculpió, no advirtiendo que la estaba condenando al aislamiento social por los siglos de los siglos. Ambos eran almas tremendamente solitarias. Este rasgo común los unió aún más, tal vez, por siempre. No perdía ninguna oportunidad de estar con ella, proveyéndola de la compañía que tanto necesitaba, según pensaba él. A los ojos de terceros, al verlo tan cerca de la endurecida dama, pensaban que no era más que una excusa perfecta para romper la suya propia. Y es que toda su vestimenta estaba hecha de esta.

Desde entonces su alma no tuvo sosiego. No podía creer que el creador le pusiera en su camino al ser más hermoso del mundo, al que, a partir del primer encuentro, empezó a considerar su alma gemela, y no podía consumar su amor, porque un escultor con evidente sensibilidad artística, el producto de su arte así lo sugiere, pero de corazón y alma fría e insensible la condenara a un futuro pétreo. En su enorme contrariedad, un pensamiento de Borges se apoderó de él: «...es tan triste el amor a las cosas, ellas no saben que uno existe...». Al cabo del cual se sumió todo el resto del día en una profunda tristeza. «¡Cuánta verdad tenía el maestro!», se dijo, asimismo. Y es que, a pesar de todo, ella era eso: un objeto. Se había enamorado de manera extraña y obsesiva de la «dama de piedra», de su figura grácil y labios sensuales. Se sentía un representante terrenal de Pigmalión, el hombre, no el artista.

Desde entonces no encontró ningún otro lugar más propicio para pernoctar que aquella plaza donde permanecía inmóvil su dama de piedra. Sus lugares tradicionales de siempre le parecían incómodos y aburridos. Su prioridad se tradujo en estar cerca de ella, solo así sentía que le proveía de la protección de la que esta adolecía. Cuando se alejaba era presa de un intenso desasosiego que se apoderaba de su cuerpo y mente, corriendo en seguida a su encuentro. No perderla de vista se volvió su obsesión. Fue entonces que volteó su mirada a Dios. Se volvió un hombre de fe. Su otrora ateísmo se partió en mil pedazos. «Si no le hago daño a nadie, ergo, no necesito religión que gobierne mi vida», era su antigua forma de pensar. Entendía a Dios como un ente supra persona que todo lo puede: una deidad. Hasta entonces la religión y sus instituciones le eran indiferentes. La base de su nueva creencia religiosa residía en el anterior precepto, y que les fueran útiles a sus fines: una suerte de religión hecha a imagen y semejanza de sus necesidades actuales.

Anduvo en un eterno peregrinar por las iglesias de su querida Caracas sin importar la religión que profesaran, mendingando un milagro: el traer a la vida a la mujer más bella del mundo, y por la cual sentía el más fuerte e intenso de los sentimientos: el amor. «Total, todos tienen como centro un ente que guía el universo entero. Es a él a quien quiero hacer llegar mi ruego», se decía constantemente. Su fervor religioso signado por la esperanza del milagro, y bajo el más variopinto crisol, lo hacía el perfecto amigo de todo representante de Dios en la tierra. Tal era su urgencia que le pidió a cuanto santo existiera y estuviera dispuesto a escucharle. Rogó tanto que se quedó sin voz. Lloró tanto que su cuerpo se secó. Sus pasos se volvieron lentos por el cansancio a cuestas y la enorme decepción divina que le embargaba. Le había pedido tanto a Dios un milagro utilizando para ello los más disímiles caminos religiosos que al final todo fue en vano: el anhelado prodigio brillaba por su ausencia. Siempre estuvo consciente de lo vanidoso de su súplica, quizás por ello nunca albergó mucha esperanza.

Extenuado y sin fuerza regresó a donde su amada, no quería verle a la cara. Esta se le caía de vergüenza. Se acomodó como pudo a sus pies desnudos, cuidándose de que sus ojos no se encontraran. Hizo un gran esfuerzo para que no sucediera. Bien entrada la noche, bajo un clima gélido y un cielo estrellado, sintió cómo una mano suave como la seda le acariciaba la cabeza. Saltó del susto. Aturdido por la impresión no podía creer lo que veía.

—¡Por fin, después de tanto rogar, se me concedió el deseo que con tanta fuerza añoraba! —profirió en un murmullo cuya aguda intensidad hizo eco en todo el ámbito de la plaza mientras se deshacía en llantos de alegría y agradecimiento. «¡Mi dama de piedra tiene vida!», se dijo, asimismo, emocionado hasta las lágrimas. Se acariciaron y besaron como dos amantes que se reencontraban después de una separación prolongada. Pasaron toda la noche retozando sus cuerpos hasta el amanecer en un juego infinito de caricias y besos. Era un amor correspondido. Él estaba feliz.

Al despertar, justo cuando despuntaba el amanecer, pudo ver con asombro que ella volvía al pedestal al cual su creador la condenó. La tocó y pudo comprobar que su quietud matutina era rígida como el material del cual estaba hecha. Había adoptado su antigua posición en el pedestal. Esto lo decepcionó. Era incapaz de entender lo sucedido. «Acaso fue invención de la imaginación que en perfecto conocimiento de mis más íntimos anhelos, quiso complacerme con aquello», pensó. Pasó todo el día desorientado, exhausto, sin fuerza para pedir otro milagro. Se alejó tratando de comprender lo sucedido. Sin embargo, su curiosidad lo hacía venir una y otra vez al mismo sitio, pero su hermosa dama se encontraba dura e impertérrita, ajena a todo cuanto acontecía a su alrededor. El desconcierto agrandó mucho más su decepción.

En un acto reflejo retrocedió y comenzó a desandar el camino recorrido.

Ya entrada la noche, al cabo de un buen rato, volvió a su rutina de siempre: se acostó a sus pies y vencido por el cansancio se quedó profundamente dormido. Pasado un tiempo fue sorprendido, otra vez, por la misma mano suave que le acarició el día anterior. Sintió que la conocía. Se dejó llevar por la sensación de paz que le transmitía. Abrió sus ojos y tuvo la oportunidad de verle el rostro como no lo había visto antes. De nuevo pensaba que era el ser más bonito que jamás había visto. Ella se acostó a su lado y repitieron la misma rutina. Sus cuerpos se fusionaron en uno hasta que la claridad del alba dio paso a la mañana. Les sorprendió el amanecer. La dama como quien llega tarde al trabajo se apresuró a ocupar su puesto en el pedestal adoptando su antigua postura. Mientras él la miraba como desentrañando el juego al cual quedaban condenados.

—Dios la trajo a una vida interrupta entre el nacimiento del día y el amanecer de cada mañana —murmuró.

Estaba agradecido pero contrariado. No obstante, y desde entonces, sus vidas quedaron supeditadas a aquella rutina. Con la precisión de un reloj suizo llegaba a las doce menos quince para cumplir con la cita pautada, aunque no entendiera la enrevesada mecánica divina. Anhelaba el paso veloz del tiempo para su encuentro. A ella le pasaba lo mismo. Su traje de piedra no le permitía exteriorizar la angustia de la que era presa en espera de su amante. Pasaba todo el santo día sentada y petrificada anhelando el rápido transcurrir del día para repetir en un ciclo infinito el encuentro con su hombre. Luis no se explicaba el por qué ningún transeúnte se dio por enterado de lo que cada noche acontecía en la plaza. «Tal vez así lo quiso Dios», pensaba.

Mientras tanto pasaba todo el día tocándola, tanteando su temperatura, buscando señales que dieran cuenta de su vuelta diaria a la vida. El frío del mármol negaba toda existencia de esta. Esto apresaba su alma durante una espera eterna del momento en que volviera a la vida. Cuando advertía lo caliente que emanaba de su suave piel se llenaba de un gozo infinito secundado, a su vez, por un firme temor que diera cuenta de su engaño. De que todo era producto de su imaginación. La tocaba una y otra vez. Hasta que tenía la certeza de que estaba viva. Aunque fuera una vida efímera. Se rindió ante los ininteligibles designios de Dios. Daba mil gracias por el milagro parcial acontecido en su bella. Les unía el más fuerte de los lazos: el amor. Era el triunfo por completo del amor, sin ninguna clase de reservas. Ante ello no había reproches al altísimo. Solo agradecimiento.

Mi segundo entierro

El asombro de mi hija y de todo aquel que estuvo presente en la exhumación de mi cadáver, debió ser de pronóstico, a juzgar por sus caras. No podían creer lo que presenciaban. Algunos llegaron a afirmar que, tal vez, yo fuera una santa. «Déjenme reír un poco. Quien hubo de conocerme, se sonrojaría con el solo hecho de pensarlo. En honor a la verdad, de santa nunca tuve nada», pensaba con un dejo de burla, mientras continuaban los trabajos.

Fue grande el impacto emocional que mi estado generó en los asistentes a tan normal acto, después de tantos años de muerta. Mi cuerpo estaba absolutamente incorrupto. No sé si se debió al buen trabajo de los preparadores de muertos de entonces, a los químicos utilizados en tales labores o, que la fauna cadavérica, a la que el creador le asignó la tarea de limpiar los cuerpos de los muertos, olvidó hacer su trabajo conmigo.

De inmediato se inició un rosario por el milagro acontecido en mi persona. También generó en la mente de mi hija la intención de darme un segundo entierro, como si hubiera fallecido por primera vez. Con lo que ello comportaba, y que era práctica común: capilla ardiente y un novenario, a partir del siguiente día de la inhumación. Lo anterior era lo que dictaban las normas sociales de la época en la mayoría de los casos, no en este, como se verá a lo largo del relato.

Todo comenzó con la adquisición por parte de Carmen, mi hija, de una fosa mortuoria para su propia familia, considerando que su madre yacía en una sepultura familiar común, la cual estaba hacinada por los huesos de la totalidad de sus numerosos antepasados muertos. De allí que pensó en mudar a esta mi osamenta. Fue así como se iniciaron los trabajos de exhumación después de casi treinta años de fallecida. He aquí el asombro: el estado incorrupto de mi cuerpo después de tanto tiempo de muerta. Esta me sorprendió a la edad de veintiocho años. Lo que evidencia que, a la fecha de mi exhumación, tenía más tiempo de muerta que de viva. De allí que la vida hay que vivirla, porque para estar muerto hay bastante tiempo, lo dejo como consejo para los que hoy aún respiran.

Como suele ocurrir en los pueblos pequeños, la noticia corrió como pólvora. La señora que fue desenterrada y su cuerpo encontrado intacto, como si su muerte hubiera sucedido ayer. Hasta los pasquines informativos de entonces contribuyeron a darle carácter de fantástico al hecho noticioso que representaba mi incorruptibilidad. Otros, se enfocaron en la condición de sacrílego del acto de mi hija, al osarse molestar el descanso eterno de su madre.

Mi vestimenta había sucumbido al estropicio al cual somete a las cosas el transcurrir del tiempo. Era un verdadero estropajo: estaba hecha jirones. Entonces, lo primero que hizo Carmen fue prohibir mi exhibición en capilla ardiente en aquella condición de indigente, hasta que no estuviera vestida para la ocasión.

«¡Qué va a decir la gente!», les decía a sus hijos, mis nietos. Yo era una perfecta desconocida para la mayoría de los habitantes de aquel pueblo, incluyendo estos últimos. Mi generación casi en su totalidad estaba muerta. Por esta fecha cualquier enfermedad alcanzaba características de pandemia, diezmando a generaciones enteras, sobre todo a las pertenecientes a una misma franja etaria, por lo que la esperanza de vida no pasaba de los treinta años.

Una vez en casa, vestida de traje y maquillada para tan magno evento, según el parecer de mi hija, de inmediato una muchedumbre se apiló en la puerta de su casa para ver el milagro acontecido, antes de que se llevaran a cabo mis segundas exequias. Todos creían que, en mí, se había gestado un verdadero acontecimiento extraordinario; para algunos, una manifestación divina; un milagro para otros.

Ante la inminencia del hecho, comenzaron a correr la voz, considerando que venía del otro mundo, de que existía la posibilidad de que yo fungiera como mensajera o intermediaria entre este y el otro: entre los vivos de hoy y los muertos de ayer. «Total, ella viene del inframundo. Y ¿quién no tiene un familiar por aquellos lares?», era el pensamiento colectivo. «Además, ¿cuándo creen ustedes que se nos presente de nuevo una oportunidad similar, en un pueblo donde nunca pasa nada?», le dijo una mujer a otra que conformaba la larga cola para ver mi cuerpo inerte e impoluto.

Todos veían la ocasión histórica e irrepetible que ponía el universo a su alcance para hacerles llegar a sus difuntos algunas cartas, regalos y otros presentes. Las primeras darían cuenta del estado actual de la familia en este mundo terrenal; los segundos, ante la ignorancia existente de cómo son las cosas en el mundo de los muertos, pues nadie ha vuelto para contarlas, algunos bienes de valor para ayudarles a enfrentar las vicisitudes diarias del mercado y, los últimos, llevarían un claro mensaje de que todavía seguían vivos en sus mentes y corazones: una forma intangible de vida. Esto último buscaba revivir las esperanzas de mantener fresca la memoria de los finados para el momento del encuentro al ser llamados por Dios, o por el otro. No les diré el lugar a donde fui a parar, si al paraíso o al infierno, pero volveré a recordarles que de santa no tuve nada. Fue así como concibieron la idea de que fungiera como estafeta, imitando el papel de la propia Amaranta Úrsula. Una falsa Amaranta. «¡Habíase visto mayor ridiculez!», me decía con picardía, en la quietud y soledad de mi nuevo ataúd. Era una muerta que nada tenía que ver con la anterior. Ni una moscarda osó fastidiarme como la primera vez. La poca carne, dura y ennegrecida, y los huesos a flor de piel, ya no les apetecían.

Lo que vino después, dio vida a un incipiente pero lucrativo negocio para los familiares que me sobrevivieron. Algunos se autonombraron representante terrenal de su abuela, bisabuela, tía, y ¿quién sabe qué otros vínculos sanguíneos se inventaron para tomar parte del festín? Bajo el más absoluto rechazo de mi hija, a quien le parecía aquello un acto despreciable.

Empezaron a llegar cartas, cajas con apariencias pobres, paquetes de considerable valor con contenido metálico áureo, plata y piedras preciosas, dinero denominado en divisas, pues la unidad de cuenta local ni a ellos mismos les servían para fungir y cumplir con las funciones del dinero, mucho menos a los difuntos en aquel reino desconocido, y del cual nadie había vuelto con noticias que dieran cuenta de las condiciones de la oferta y la demanda de bienes reinantes por allá. Las primeras, cuyos pesos eran muy ligeros, eran acomodadas de costado en la urna; las menudencias, según su tamaño y pobre valor, también. Pero las encomiendas de mayor valor terminaban en las manos de quienes se adosaron la condición de conductores del negocio. Un negocio redondo. Nadie reclamó el destino último de sus envíos bajo el entendido de que tales diligencias de difuntos, por temor divino, lo tenían garantizado. No había nada más alejado de la realidad. Debido a esto último, concibieron una capilla ardiente con un tiempo casi indefinido.

Transcurría exactamente el día trescientos sesenta y cinco desde mi exhumación, y mi segunda inhumación parecía no tener fecha en el calendario. Creo haber muerto varias veces durante este periodo por la rabia que me consumía. «¡Un año! Hijos de su madre, me están utilizando para estafar a la gente», me decía encolerizada. Un año y todavía era exhibida en la sala de estar de la casa de Carmen, cuando el criterio de esta se impuso, haciéndose realidad mi segundo entierro. Muy a pesar de los intereses de mis pseudofamiliares, quienes pensaban que tan rentable negocio debiera tener una curva de aprendizaje lo más larga posible, dándoles a todos la misma posibilidad de enviar algo al mundo de los muertos. La decisión dio muerte a la gallinita de los huevos de oro.

La misma fue muy oportuna, pues la gente ya comenzaba a cansarse, y reclamaban lo lento de la entrega de sus envíos, pues muchos de ellos sucumbieron a la muerte sin que el recado se hubiera entregado, llegando primeros ellos que sus encomiendas. También temían la aparición del proceso de putrefacción de mi cuerpo, preocupación fútil si se consideraba el buen estado de conservación que yo exhibía. Esto último terminó por cobrar tanta fuerza, que reforzó la intención de mi hija de darme un segundo entierro. «¡Mi madre se entierra, ya!», dijo con una furia contenida.

Como era de esperarse, yo estaba feliz. Pensaba que el mejor estado de una muerta era estar enterrada. Por esta época era la única forma de disponer de los restos de los difuntos. Fue todo un acontecimiento. Era tal la algarabía, los llantos de las plañideras, el luto oscuro y cerrado del cortejo. Yo no sabía, si reír o llorar. ¿Cómo era posible aquel espectáculo? Si era una perfecta desconocida para todos, incluso para mi hija, considerando el hecho de que la dejé muy chica cuando me sobrevino la muerte. Había más gente que en mi primer entierro, quienes estaban allí lo hacían más por la novedad que por la consideración de la muerta y sus familiares.

La familia llegó a amasar una pequeña pero considerable fortuna, que se hizo visible ante los ojos de la gente, y los rumores comenzaron a salir por doquier. Algo sin lugar a duda se evidenció con el fin del circo que montaron en torno a mi segunda inhumación: el dinero y el cáncer no se pueden disimular, aunque se quisiera. Debido a ello, y ante el agotamiento casi de inmediato de tales fondos, volvieron a pensar en la reedición de mi nuevo desentierro. Escasamente había terminado aquel circo, cuando la familia entró en tal nivel de discusión, que literalmente se partió en dos: los que estaban de acuerdo con el acto circense, y los que no. De nuevo mi hija se negó. Pero los intereses crematísticos familiares prevalecieron.

Como a mí no me consultaron, y habiéndose tomado la decisión, se llevó a cabo de nuevo el intento de mi segunda exhumación. Apenas sentí los primeros golpes de pala en la fosa, supe enseguida que venían por mí. De inmediato fui presa de un fuerte sentimiento de cólera. Este me generó un enorme temblor corporal que destruyó todo lo que quedaba de mí. Era como un fuerte temblor de tierra que arrasaba con todo lo que estaba en pie, volviendo añicos mi otrora incorruptibilidad. Los que asistieron a esta, quedaron boquiabiertos. No podían creer lo que oteaban.

Había transcurrido apenas un año, desde mi segundo entierro, y de aquella muerta no quedaba nada: todo se había esfumado. En su lugar, solo encontraron polvo, haciendo realidad aquel refrán que reza: «...polvo eres y en polvo te convertirás...». Con ello se volvieron trizas las intenciones de sus artífices. Estos quedaron devastados.

Treinta y un años transcurridos, forjaron mi condición de muerta, y los restos que de mí quedaban, daban cuenta de ello: era la verdadera muerta. Mi incorruptibilidad era cosa del pasado. Lo único que se podía apreciar entre mis restos, era el producto del correo nunca entregado: las cartas y menudencias sin valor que la gente había enviado a sus familiares de ultratumba, dejando al descubierto la gran estafa que habían urdido en torno a mi perfección de muerta. «¡Gracias a Dios! ¡Por fin, voy a descansar en paz!», dije mientras adoptaba la condición de muerta para siempre, con la tranquilidad que después del estropicio sufrido en mi cuerpo no volvería a ser exhumada *per sécula seculórum.*

Miradas desde mi plato

Ella se sintió observada. Acto reflejo levantó su mirada tratando de identificar el origen de aquel haz de fuerza visual de la que era víctima. Se sentía descarnadamente oteada. Era una mirada fuerte, tal vez, generada por lo cercano de los órganos visuales que la contemplaban. Estaba sola en la mesa central del comedor. No había nadie más que ella. Pero, aun así, sentía una fuerte presencia. Era presa de una mirada extraña que le generó un hondo escalofrío. «¿Qué vaina es esta?», se dijo, trémula de miedo, mientras buscaba ávidamente los ojos que la miraban. Al tiempo que con sus manos sobaba sus brazos tratando de expulsar de su cuerpo aquella extraña sensación. No pudo identificar ser vivo alguno autor de aquello que sentía por toda su piel. A pesar de ello, tenía la firme esperanza de tenerlos frente a frente para mirarlos fijamente en un acto de arrojo.

No había tomado bien los cubiertos para iniciar su almuerzo cuando fue atropellada, una vez más, por aquel torrente de fuerza invisible pero palpable que sentía en carne viva. Estaba contrariada. Tenía la fuerte impresión de que era espiada, aunque no sabía por quién, ni de dónde provenía tal mirada. Era una de esas sensaciones que solo los humanos conocemos cuando la sentimos, aunque inefable. En eso, agarró los cubiertos, y tomó la primera porción de aquella suculenta y deseada comida. Desde hacía buen rato anhelaba degustar aquel plato. Le pidió tantas veces a su marido que la complaciera, que al final, este terminó cediendo a sus deseos. El plato en cuestión, particularmente a él, le quedaba como a los dioses, pensaba ella. De allí su insistencia.

Una vez engullido el primer bocado de tan preciada suculencia, la impresión de que era víctima de una profunda mirada, que no apartaba la vista de ella, se hizo cada vez más palpable. Esto la sumió de inmediato en un profundo mutismo que hasta sus pensamientos se acallaron. El fuerte silencio en sus oídos se le hacía insoportable. Una vez más, el miedo se apoderó de su voluntad. Absorta y abandonada, a merced de aquel victimario visual, no tuvo más opciones que resignarse, pues, aunque lo intentó, no pudo emitir ni pronunciar palabra alguna en busca de auxilio.

Se concentró en la comida. Estaba deliciosa, le decía su paladar, no con palabras, sino mediante el sentido del gusto. Sus papilas gustativas bailaban al son del festín de sabores al cual asistían. Volvió a tomar otro bocado, era lo único que el miedo del que era presa no le impedía. Este profundizó ese sentimiento que sentía al inicio de la comida, convirtiéndolo en pánico. Su rostro fue presa del más intenso y silente llanto, apareciendo de inmediato, un profuso río de lágrimas que corrían velozmente por su mejilla para desparramarse en el vacío y terminar en el piso del comedor. Su deplorable imagen se reflejaba en la superficie lisa y brillante del cristal de la ventana. Era una imagen extraña. Su sufrimiento crecía a medida que aumentaba el consumo de lo que ella consideraba una delicia. Y a pesar de todo, la adicción que esta le generaba, la impulsaba a continuar engullendo aquel alimento, intensificando su padecimiento hasta convertirlo en terror.

Volvió a llevarse a la boca un tercer bocado. Al término del cual lanzó un agudo, pero silente grito que provocó un insondable eco sordo en todo el ámbito del comedor, inaudible para ella misma, mucho más para su esposo, quien ya había comido, y se encontraba en la cocina preparando el café. No sabía lo que sucedía en el comedor. Ella temblaba ante aquella situación desconocida, pero real, pues la sufría en carne propia.

En algún punto de la comida, la sensación de angustia provocada por la presencia de aquel ente etéreo se hizo unilateral. Primero empezó a sentirla en su lado derecho, como si el órgano visual derecho de aquel ente la contemplara con todas sus fuerzas, con las interrupciones del pestañeo propio de cualquier ojo en su afán por lubricarse, a pesar de que no llegaba a la fuerza inicial que generaban los dos juntos. Se sentía extraña al ser divisada de esta forma. Luego la sensación que experimentaba se trasladaba a su lado izquierdo, tal vez, producto del cambio del ángulo óptico que experimentaba su observador, hacia su ojo izquierdo. Aquí el miedo que experimentaba se elevó a un grado superlativo, y sus lágrimas se convirtieron en abundantes cataratas silentes.

El enorme sufrimiento que experimentaba, provocado por el terror en que se había convertido la exposición prolongada a aquella emoción, dio paso a la resiliencia. Iba recobrando de a poco la sindéresis, sin dejar de llevarse porciones de comida a su boca, ya no para saborearla como antes, sino para identificar la fuente de aquel evento tan increíble, y extraño a su vez. Tanta evidencia focalizaba su posible origen en el plato. Mientras más consumía más se acercaba a este, al tiempo que aumentaba su angustia, y viceversa. De esta manera se dispuso a apresurar su consumo. A medida que aumentaba el número de bocados, su contenido se hacía más escaso, dejando ver las partes que antes no eran visibles. Fue de esta forma como pudo advertir unos enormes ojos que desde el plato le clavaban una mirada casi inmutable, aunque con frecuencia alternada con alguno que otro pestañeo. Esto último, provocó en ella una rápida reacción, y como pudo le clavó el tenedor en uno de ellos, provocando que el líquido intraocular en él contenido se desparramara sobre el resto de la comida. El ojo restante, tal vez por miedo, quedó de manera intermitente en un abrir y cerrar: un pestañar eterno. En seguida la cordura se apoderó de ella y gritó tan duro como pudo:

—¡Mira, hijo de tu madre! ¿Tú me vas a volver loca?

Llena de cólera se dirigió a la cocina donde se encontraba su esposo muerto de risa al escucharla, adivinando que su plan había sido develado.

El esposo había incluido en su plato los ojos del animal. Plan que había urdido con mucha antelación para echarle un susto a su mujer: desde el momento de la compra. Siempre lo hacía, pero esta vez, según lo veía ella, se había sobrepasado. El enorme susto del cual fue víctima, bien pudo haberla despachado al otro mundo. Gracias a Dios su corazón no colapsó por la broma que su pareja sentimental le había jugado. De lo que no se percató él, es que tales órganos, provenientes de un caprino muerto, hubieran mostrado tal comportamiento, como lo harían los ojos de un animal vivo, causando en este gran asombro, y en su esposa aquella reacción de muerte.

Reclamos de difuntos

Era un mediodía ardiente. El sol estaba en su cénit. De a poco se iba engrosando la fila. Todos estudiaban en la misma escuela y vivían en el mismo barrio, por lo que era una ocasión obligada de encuentro. Eran asiduos los unos a los otros, lo que hacía monolítico a aquel grupo de amigos. Las reuniones de juego no tenían lugar físico predeterminado para llevarse a cabo, si no que eran producto de la sazón de la espontaneidad y la creatividad de sus miembros. Daba lo mismo ir a jugar a la playa, a la plaza, al cerro, al río, al conuco de algún agricultor de la zona, a la casa de uno u otro miembro del grupo o, a veces, a casa de uno que otro conocido. En fin, cualquier sitio era propicio a tales propósitos. También el cementerio presentaba posibilidades infinitas de diversión y esparcimiento, con el que llenaban el tiempo de tránsito post escuela, y es que estaba ubicado en el camino a casa, por lo que era muy frecuente su incursión en este.

Allí asistían a tantos eventos de naturaleza extraña, relacionados todos al hecho mortuorio y a las vicisitudes del cadáver como su producto, que hoy día, no tendrían la templanza de entonces para contemplarlos. Como cuando presenciaban la exhumación temprana de algún cadáver, lo cual era muy común, cuyos deudos, atareados en la búsqueda de un lugar para darle santa sepultura a un nuevo difunto, se veían forzados a desalojar la osamenta de turno que ocupaba la tumba familiar, que, por lo general, era de una sola cámara, ergo, estaba destinada a albergar a un solo muerto.

Cuando este era el caso, el cadáver casi siempre, era exhumado por partes. Ya que su proceso de descomposición estaba en plena vigencia, lo que era producido por dos factores: la autolisis (ruptura de tejidos de sus propias enzimas y químicos del cuerpo), y la putrefacción (la ruptura de los tejidos por bacterias), y la caja que lo albergaba, esto es la urna, rebosaba de líquidos corpóreos que emanaban de la misma osamenta del finado: era un caldo espeso, sanguinolento, con restos de vísceras, mucosidades, partes blandas, y provisto de una activa fauna necrótica en plena faena de limpieza, propia de los cuerpos en deterioro. Este espectáculo generaba en algunos espectadores tanta repugnancia, que causaba severos ataques de grima y asco, los cuales finalizaban con una arremetida virulenta de vómito, cuyo origen se encontraba en las entrañas mismas y brotaban como lava ardiente de volcán activo.

Los restos extraídos, una vez dispuestos en bolsas plásticas, tenían dos destinos: o terminaban acomodados de costado en la misma fosa a donde iban a sepultar al nuevo difunto o en una fosa común, cuya denominación frecuente era la peste, cuyos huesos, por lo general, terminaban arrasados por delincuentes que profanaban las tumbas para robar algunas joyas dejadas como recuerdos, y por practicantes de brujerías y artes oscuras, para quienes los huesos son su principal insumo. El área era un lugar ideal para los hechiceros, quienes encuentran en el fondo de los sepulcros, su protector. Esta práctica es un secreto a voces en muchas partes del orbe.

La concentración de amigos en este lugar era una de esas ocasiones en que añoraban el discurrir pronto del tiempo para reunirse. La necrópolis municipal siempre estaba sola. Casi no se advertía la presencia de deudos, cuyas pérdidas recientes todavía reventaban sus memorias o, de una tumba, cuyo cadáver había sido exhumado recientemente por las razones expuestas en acápites anteriores. El mismo exhibía un largo corredor de panteones atemporales, algunos más recientes y otros correspondientes a periodos remotos, cuyos ladrillos a duras penas se mantenían en pie, de arquitectura variable. Algo era cierto, esto último mostraba una clara división de clases a las cuales pertenecían los finados, cuestión que no pasaba desapercibida, ni con motivo de la muerte.

En una incursión al mismo, como tantas que se sucedieron, Luis y José, dos miembros honorables del grupo, se treparon en la cornisa de un antiguo mausoleo, que estaba cadavérico y amenazante con desvanecerse como castillo de naipes. Tan antiguo que la lápida estaba borrada por completo, de allí que el muerto o los muertos a los cuales pertenecía no tenía o tenían nombres. En seguida identificaron la presencia de un grupo de huesos, tal vez perteneciente a uno o varios antiguos moradores de este que habían sobrevivido al tiempo. En un descuido, Luis, en un arrebato de travesura, tomó dos pequeños huesos sueltos, y con mucho sigilo se los puso en el bolsillo de José, muerto de la risa. Este siguió jugando sin percatarse de lo que había hecho su compañero.

Desde entonces, José no llegó a tener un día tranquilo. A decir verdad, tampoco llegó a tener noches tranquilas. Nunca más pudo concebir sueño plácido alguno. Sufrió tal transformación, que quienes lo conocieron llegaron a pensar que estaba poseído por un extraño y alocado espíritu. La sinrazón se apoderó de él. También su familia fue objeto de tal preocupación, quienes llegaron a considerar seriamente que estaba loco. No se aseaba, andaba percudido, vestido con harapos, vociferando palabrotas en un lenguaje ininteligible. Torcía los ojos de tal forma, que solo la esclerótica quedaba expuesta, cuando en el pestañar las persianas oculares quedaban abiertas. Su cuello literalmente daba una vuelta de ciento ochenta grados, para el asombro y terror de muchos. También trepaba por cualquier superficie, con tal facilidad, que imitaba casi a la perfección los movimientos de un reptil.

En una ocasión se escuchó un fuerte lamento que provenía del patio de la casa. —¡Ayyyy, Dios mío! —gritó su única hermana, que corriendo despavorida ante lo que se erigía ante ella, no podía creer lo que veía. José se suspendía en el aire, como levitando, y vociferando palabrotas en una jerga enrevesada. Su comportamiento daba cuenta de que su alma era presa de un ente superior de ultratumba. Esto fue la gota que derramó el vaso. Todo ello condujo a tomar, quizás, una de las más difíciles decisiones de sus familiares: amarrarlo con una soga a la altura de su cintura y atarlo al árbol de castaño que estaba al fondo de la casa, a la espera de que tal tormenta amainara. Desde aquel momento vivió como un animal. La comida que era colocada en un plato con sus respectivos cubiertos la lanzaba al piso de tierra para comerla mejor. En el pueblo no se hablaba de otra cosa más que de la locura repentina de José. Por aquello de que pueblo pequeño, infierno grande.

Sus amigos no podían creer lo que le estaba sucediendo a José. Se rompían los sesos buscando las razones de aquella locura espontánea. «Señor, Dios del universo ¿qué le pasa a nuestro querido amigo? Si solo ayer estaba jugando con nosotros», se preguntaban. Fue así como Luis, se apartó del grupo, sumido en un mutismo y eterno cavilar, mientras un manantial de lágrimas brotaba de sus ojos y mojaba su rostro.

Recordó el suceso de los huesos, del cual todos eran ignorantes. Debido a ello, y asustado por la suerte de su amigo y de la suyas si las razones se hicieran públicas, su alma tampoco llegó a tener descanso. La locura también se apoderó de él. Era una locura callada, de esas que se sufren en solitario. Su herida no era visible por lo profunda de esta. «Estoy seguro de que se debe a esos malditos huesos que le puse en el bolsillo. ¡Estoy seguro! ¡Estoy seguro!», se martillaba la cabeza con aquellas afirmaciones. Lloraba a moco suelto, con el enorme peso a cuesta, sin poder compartirlo con nadie. Era el producto de aquello que tenía por verdad. «El muerto o los muertos a los que pertenecían los huesos que hurté de aquellas tumbas le reclamaban a Luis su devolución. Los difuntos los quieren de vuelta», se decía convencido de aquello.

Para corroborar su sospecha, a primera hora de la mañana del día siguiente, fue a visitar a una vidente que vivía a las afueras del pueblo, a quien todos tenían como farsante, incluyéndolo a él. Pero la incomodidad de cargar con la culpa él solo, no le dio razones valederas para rechazar, tal vez, a la única aliada de aquella canallada de la cual había sido autor en la persona de su mejor amigo.

Lo que siguió después, lo dejó perplejo. La puerta se abrió cuando apenas él iba a tocarla.

—La culpa te hiere, ¿verdad? La sientes como una daga clavada en tu alma —le dijo la vidente—. Sí, tú eres el culpable —le espetó con seriedad—. Esos huesos que colocaste en el bolsillo izquierdo del pantalón de tu amigo José son el origen de todos sus males —concluyó la mujer—. Los difuntos a los que pertenecen tales huesos no van a descansar hasta que él se los devuelva —le dijo como poseída por seres celestiales. Luis no podía creer el profesionalismo atemporal de aquella mujer que todos creían mentirosa.

—Entonces, ¿qué debo hacer? —suplicó llorando y de rodillas. La mujer, con aires de grandeza, con el asombro a flor de piel, por haber develado los pormenores de este caso, tal vez el único, después de toda una vida dedicada a la clarividencia, le contestó:

—Debes hacer todo lo posible para que devuelvas esos huesos a sus dueños: los difuntos. De lo contrario, olvídate de tu amigo. Los seres de ultratumba no lo dejarán tranquilo hasta que sus reclamos sean escuchados y, en consecuencia, sus huesos devueltos. Date prisa, pues ya puede ser demasiado tarde — sentenció a manera de conclusión, culminando la sesión.

—¿Qué quiere decir? ¿Qué a pesar de devolverles los huesos, existe la posibilidad de que no le devuelvan su alma? —dijo con profundo miedo en su corazón. Acto seguido, la vidente entró a la casa, con una sonrisa de satisfacción dibujada en su rostro. Cerró la puerta en sus narices.

A altas horas de la noche, Luis, poseído por un intenso deseo de liberar a su amigo, se dirigió a casa de José. A hurtadillas, y con inmenso sigilo, saltó la cerca cayendo de pie frente a este, quien impertérrito mantenía los ojos abiertos perdidos en la penumbra de la noche, quieta y húmeda. No fue difícil hurgarles los bolsillos del pantalón. Revisó primero el izquierdo, tal como le había pedido la vidente. Se asombró al no encontrar nada. Prosiguió con los tres restantes, y nada. «¿Será que le cambiaron el pantalón?», se dijo en silencio. Hizo un esfuerzo para acordarse de las características del pantalón que José tenía puesto aquel aciago día. Advirtió con asombro que llevaba el mismo. «Entonces, ¿qué pudo haber pasado con esos huesos?», volvió a preguntarse con una voz tan callada apenas audible en su interior. De manera silenciosa, sacó la linterna y la encendió, buscando por todos lados. No veía rastro de ellos. Esto lo sumió en un profundo estado de terror, con la culpa, ya no como daga clavada en su espalda, como le dijo la vidente, sino como sable que cortaba lentamente cada uno de sus órganos vitales. Aturdido, continuó alumbrando el lugar que hacía las veces de refugio de su amigo. En eso andaba, cuando vio a un par de perros que jugaban, a pesar de la hora, con dos pequeños huesos, muy parecidos al de una mano humana. Se disponían a enterrarlos cuando se les abalanzó encima procurando hacerse con estos. Los perros, al mismo tiempo, se los llevaron a la boca de un solo golpe, engulléndolos de manera simultánea. Luis cayó al suelo, emitiendo un agudo y doloroso llanto.

—¡Noooo, Señor! ¡Noooo! —mientras miraba al cielo, un cielo estrellado como no había visto otro. De repente se iluminó por el paso de una estrella fugaz. Se levantó con más determinación que nunca de arrebatarles los restos óseos de sus acolmillados hocicos, persiguió a los canes, quienes, al verlo así, salieron corriendo espantados. Esto no quebró en él su disposición de apoderarse de aquellos huesos y devolvérselos a sus legítimos dueños, liberando así a su amigo de aquella terrible pesadilla, y a su alma de tan desalmados seres.

Se retiró a su casa, hilvanando en su cabeza un nuevo plan. Con ello en mente, fue directo a la cocina. Tomó dos cuchillos de matarife de uno de sus hermanos que era carnicero. Volvió al lugar donde los perros dormían plácidamente. Sin pensarlo dos veces, y con la mente fría de un asesino, casi sin hacer ruido, le clavó el cuchillo en el pecho al más anciano, a la altura del corazón. Luego lo tomó por la cabeza para que transitara al otro mundo bajo el más absoluto de los mutismos, sin que pusiera en alerta al más joven. El animal quedó tendido en un enorme charco de sangre cuya mancha parecía no tener fin, ya que seguía creciendo, empapando todo el ámbito de aquel lugar. Temeroso de que el otro despertara al sentirse enchumbado de aquel oscuro, viscoso y caliente líquido, se le abalanzó como loco con el cuchillo en la mano, lanzando cuchilladas sin son ni ton, con la suerte para él, no para el can, que todas daban en el cuerpo de este. La muerte le sobrevino de inmediato mientras todavía dormía, pasando de un sueño a otro bajo el más absoluto de los silencios. Su vena yugular fue partida en mil pedazos. El asesino, todavía eufórico, y consciente de que aún no había cumplido con su cometido, se dispuso a destriparlos, tal cual lo hacía su hermano con los cerdos, para extraerles los huesos. Lo había visto tantas veces hacerlo que le fue muy fácil. Habiéndolo hecho, se dedicó a hurgar a tientas en las tripas de los animales en aquella oscuridad, alumbrada por el pobre haz de luz que la linterna le proveía.

A pesar de aquellas condiciones, José, bañado en sangre como cualquier carnicero, pudo dar con tan preciado botín. En efecto, eran dos falanges de un mismo dedo, condición que daba cuenta de que tales huesos les pertenecían a dos personas distintas. En seguida pensó en la vidente, cuando afirmó que eran varios los difuntos involucrados en el reclamo. Una vez en su poder, salió raudo hacia el cementerio a hacer entrega de lo que nunca debió tomar. A tan altas horas de la noche la necrópolis estaba solitaria, también cerrada con llaves. José tuvo que saltar con mucho esfuerzo la cerca periférica. Se dirigió al vetusto mausoleo, desandando cada paso que dio al momento del asalto y extracción de tales huesos. Llorando. Vociferando una letanía lastimera que solo podría corresponderse con un acto de súplicas y disculpas, a quien pudiera interesar. Ya el día estaba por despuntar.

A la mañana siguiente, Luis presentó su mejor cara desde el inicio del evento. Tranquilo, como si nada hubiera sucedido. Su familia estaba feliz. En seguida lo liberaron. Desataron el nudo de la cuerda que lo ataba. Este no se enteró de su liberación. No se inmutó por ello. Seguía como perdido en el limbo, a pesar de su sana apariencia. Su familia quedó atónita, cuando vieron que tomó la cuerda y rehízo el nudo que ellos habían desasido, uniendo de nuevo su destino al del árbol. Luis, nunca más quiso abandonar aquel lugar, a donde la travesura de su mejor amigo lo había condenado. Como si aquellos entes de ultratumba se hubieran apoderado de su alma para siempre, a pesar de que sus demandas quedaron satisfechas. De aquel árbol nunca más pudieron desunirlo, como si el castaño y él, fueran uno solo. Era demasiado tarde, como lo había sostenido la inverosímil vidente. Mientras José, su amigo, quien había hecho de todo para liberarlo, quedó condenado a cargar con aquella pesada cruz por siempre.

ÍNDICE

Este libro se terminó de editar en Granada
en febrero de 2024 por

www.aliarediciones.es
info@aliarediciones.es